静まらない　内なるざわめき

＊目次

Ⅰ（春夏秋冬）

あしたこそ青葉が輝く 10
気高く揺るぎない 13
思いを輝きを心に 16
あとは心のままに 19
気の失せぬ間に、時はまたたく間に 22
カーテンを閉める 25
遠くに青い空 28
花散る日、惜しむらくは 31
あとどれだけ、まだどれだけ 34

そして冬へ　37
去りゆく日々、生きるとは　40
どうにか生きてこれた　43
冬の午後
～今さら何を～　46
寒くて凍える一日　49

Ⅱ（いつまでも）

あなたの心に　54
次の駅まで　57
今もこの目に優しく浮かぶ　60

Ⅲ（思わざるや）

時はいたずらに過ぎて　64
生きざまの、落ちも落ちたり　67
心を強くして、心に持して　70
静まらない　内なるざわめき　～在りし日の～　73
静まらない　内なるざわめき　～老いぼれて～　76

あとがき　80

装本・倉本　修

# 詩集　静まらない　内なるざわめき

# Ⅰ（春夏秋冬）

# あしたこそ青葉が輝く

寒い日々
ただひたすら
しっかりと此処に在りつづけようとした
生きて
心に揺るぎないものが持てるかどうか

根を張る
いい場所ではなかったかもしれない
という悔いもある

幹を太く
たくましく成長できないかもしれない
という気がかりもある
いつも
遠くから眺め
名高いあの木々たちのように
誇れる雄姿になるためには
あふれる光と
豊かな水と
そして名のとおり
天性の資質が不可欠ならば
いくら時間をかけても
どこにでもある
ありふれた立ち木にとって

それは到底かなわないけれど

磨くがごとく
私なりの型を身につけ
あしたこそ
ひときわ
みどり濃く青葉が輝く

# 気高く揺るぎない

春のやわらかな陽ざしは
温もりとともに
私を明るくしてくれた
胸襟をひらいて
いつになく
心が穏やかだった
身近な草花や小鳥たちは
命さずかり
うまずたゆまず

今を生きる
とても健気ですがすがしい

こんな感情は
どこから湧いてくるのだろう

色鮮やかに咲かなくても
澄んだ美しい鳴き声でなくても
やがて次の代へと
命つながれば
力尽きるその日まで
ほんのしばらく

老いてこそ

過ぎ去りし歳月の
長さ重さを生きてきた
今まさに
実る稲穂のように
気高く揺るぎない余生を

# 思いを輝きを心に

昼なお暗く
垂れこめていた厚い雲も
風が吹き
ようやく動きはじめた

向かい風
たまに追い風もあったのか
この歩いてきた道が
間違いだったと

今さら
気づかされても
老いる年月は早く
老いる肉体は醜くなる

ひとり
力強さなく
優しさだけでは生きていけない
あとどれほどの
わが人生のために
ぶれない思いを
ひるまない輝きを
心にいだき続ければ
私は生きられる

明日に向かって
翼を広げ
鳥たちが飛び立つ
きれいな夕焼けになっていた

# あとは心のままに

幾春を生きられて

朝はやく
穏やかな陽ざしのもと
咲きはじめる花をながめ
鳴きあう鳥をしる

生きていてよかった

つまずいてばかりの
この人生に喜びあれと
願えば願うほど
またつまずく
今になって
今も
何をうろたえる
無力な私だが
せめて終える日を迎えるまえに
思いだす
多くの悔いを断ち切れば
あとは心のままに
時の過ぎゆくままに

とどく光の中で
きれいな色の花となるのも
すきに飛びまわる鳥となるのも
みんな
冷たく凍てつく冬をのりこえてきた

# 気の失せぬ間に、時はまたたく間に

何の取り柄もない
こんな私が
生きられただけでも

コートを脱ぐ春を
芽を吹く春を
無事迎えることができた
陽ざしのぬくもりと
明るさを増す

昼下がり
雀たちが飛んできて
盛んにさえずり
今を喜び
今を楽しむ
熱き、気の失せぬ間に
過ぎゆく、時はまたたく間に
いつからだろう
見ざる聞かざるで
ひっそりと暮らしているのに
今なお忘れ難い
一人前になれるという羨望に
揺れ動いてしまう心を
内深く

強く封じ込めなければ

そして浅学にして
非才なれど
私はまだ生きていたい

# カーテンを閉める

晴れわたる
さわやかな陽ざしに
ひときわ高いビルは映え
たえまないクルマの流れと
葉もしげる
街路樹のつづく
歩道には人たちの姿
誰かのために
また何かのために

生きてこそ
人は輝くことができる

為すこともなく
成すこともない
ただ眺める日々を送っているうちに
まるで指の間から
つかんだ砂が
こぼれ落ちるように
萎えながら
とても得難いものを失う
たやすく簡単に

まばゆいぐらいに光って

あえてこの内側が暗くなるのを
承知で
私はカーテンを閉める
過ぎ去る時とともに慣れていければ

# 遠くに青い空

旅の終わりが
近づくにつれ
ただ歩いてきただけだったのか
間違いなく
いま言えることは
私には何も残っていない
何一つ得ていないのだ
物としてではなく
心の強さとして

全身に
冷ややかさを感じながら
どんよりとした薄暗いなか
あまりにもあやふやで
たどたどしくて
見上げれば
いつの頃か夢みた
遠くに青い空
そして
はるか向こう側に広がっている

この人生という旅

生まれてきた意味を思い
かけがえのない
ながらえる日々を
もう一度
私にやり直せるのだったら

# 花散る日、惜しむらくは

何をしても
うまくいかず
つねに不安がつきまとう
限られた人生
残りわずかならば

羨ましいほど
きれいになっていく
鉢植えの花たち

されどいちばんいい花は
自然に咲く花だと思う
うれい悩み
そこに自分なりの色で
自分なりの形で咲いているも
はや時は立ち
急ぐわけではないが
散る日を迎えなければならない
今日にも
いや明日には
きっと散ってるだろう
惜しむらくは
てらうことなく
生きてきたことを

誇れれば誇れよと

いつものかすかな陽ざしに
なじむように
溶け込むように

# あとどれだけ、まだどれだけ

成す力を
とうとう持てなかった

見上げれば
雲の切れ間に青い空
息の合った二羽の鳥が
並んだり
弧を描いたりして
西の方へ飛んでいった

ずっと眺め
姿が見えなくなるまで
つきせぬ
いろんな思いとともに
あとどれだけ
私には時間が残されているのだろう
まだどれだけ
私には何ができるというのだろう

恥をさらし
老いておとろえていく
今を生きるかぎり
ゆえ知らず
とめどなく涙がこぼれた時は

より優しく
心をなだめるように
心をいたわるように

# そして冬へ

春には
それぞれに咲き誇る
名もしらぬ花を知り
夏には
命受け継ぐ
いろんな生きものたちが
まわりにいて
秋には
いつのまにか

そんな生きものたちもいなくなり
北風に葉が落ちはじめた
そして冬へ

日々
足もとをみつめ
穏やかに暮らしていければこそ
まだやり直せるという
淡い思いを
ひたすら打ち消そうとする
嘆く　おのが心にせめて

季節はめぐり
やがて春は訪れるけれど

歳を重ね
もう戻ることのできない
追憶とも分かつように
生きてる限り
私は何を手に入れる
物や形としてではなく

# 去りゆく日々、生ききるとは

陽ざしが
雲にさえぎられ
底冷えのする寒い日だった

人との
親しい交わりもなく
捨てれる思いは
すべて捨ててきたのに
若かりし

一つ一つのことが
いたずらに
苦い追憶となって
ひとり
この先どうすればいいのだろう
しみしわの目立つ
凍える手で
やさしく顔をなでてみる
去りゆく日々
老いてゆく日々
能たらざるにして
何の功も立てられなかった
自分自身を認め
心に変わらぬ潔さを持てれば

そこに生ききるという意味があるのでは

硝子戸越しに（私を見つけ）
食べものをほしがる
雀たちの鳴き声に気づいた

# どうにか生きてこれた

たそがれて
日没までのしばらく
冷たい風が吹いてきた

もうすでに先のある
あしたが望めなくなり
何一つ
功をあげられず
多くの時が過ぎてしまった

このまま去りゆく
老いた姿は
小さくやせこけた
見すぼらしいかぎりだろう
いずれにせよ
自分自身が招いた
成れの果てではないか

人品骨柄、家族にも恵まれ
羨ましい人たちを
見ないように
聞かないように
いつも気を使うのは
それだけみじめでつらくなるから

ひたすら耐えているのは
それでもまだ生きていたいから
（ひとり寒々と）
どうにか生きてこれた

# 冬の午後
## ～今さら何を～

厚い雲が広がり
寒さとともに
薄暗くなってきた
午後
いつものことだけど
朝から
鈍い頭痛に悩まされていた

きっと明日こそは

そんな見込みのないまま
齢を数えつつ生きながらえ
悔やむ悲しさが
悔やむ愚かさが
しつこく
己れを責めとがめてくる

これといった
礎となる才知すらなくば
今さら何を

きまって長引く
この痛みをどうにかしたい
たそがれ時

凍てつくような
底冷えに
震える心をかばうにも
私には身につけるべき力強さがなかった

# 寒くて凍える一日

朝からずっと
冷えきった部屋で
膝を抱え
丸まった格好をして
硝子戸に目を向けると
灰色の空が広がっていた
絶え間なく
むず痒い凍瘡に
いつまでも悩まされ

かゆみに任せ
掻き続けた挙句
痛いほど赤く腫れあがっている

何ができるわけでもないが
私はあまりにも
いたずらな時を過ごしてしまった
成すべき力のないまま
人並みという
レールを気にしながらも
どうにか生きてこれた

この期に及んで
あとは老いぼれてゆく日々

あしたになれば
ただあしたを生きればいい
それより今
寒くて凍える一日の始まりだった

# Ⅱ（いつまでも）

# あなたの心に

美しい花は
どれほどの一途な思いを持ち得たのか
それとも
当然なことを
ただ懸命にしてきただけなのか
いずれにせよ
凛として
しっかりと咲いている
誰もいないこんな場所で

偽らず
ありのままのあるべき姿
その気高さもまた
はやらないからと言って
この世の中では
軽んじられてしまう

いまも
愛がありますか　あなたの心に
人の愛が見えますか　あなたの心に

ああすれば良かったと
悔いて

人知れず寂しい暮らしだけれど
変わらぬあなたのために
きっといつまでも
生きる礎となってくれるでしょう

# 次の駅まで

たたずむ駅で
線路の続くほうに
目をやれば
いくつもの夢を見て
また同じぐらい
いくつもの蹉跌を繰り返していた
若かった日々
それは遠いふるさとのようだ
今ここで

意地をなくし
しゃがみ込むのも
私の一つの選択だが

もう焦らなくてもいいから
まずは次の駅までと

各駅停車を待つ
そんな思いにも似た
ありのままの自分を受け入れる

青葉茂る
車窓風景は移ろい
紅の葉が陽ざしに映えて

まさに最後の仕上げとなる
美しい輝きを

いずれ近づく
終着駅で
いま一度心の遍歴を辿りながら
ふり向くと　そこに
私の生きてきた軌道があることを

## 今もこの目に優しく浮かぶ

聞こえる葉ずれの音とともに
さわやかな風が
私の力のなさを
わずかな間なれど癒してくれる
何の成果もあげられず
ひとり
次第に萎えていく気持ちが
はっきりと分かるほど
衰えかけてきた

講義とゼミがすんで
裏手のなだらかな坂を下れば
そこは生田緑地だった
夏の夕ぐれ
深くおい茂る青葉に
あの日もこんな
さわやかな風が吹いていた
小田急向ヶ丘遊園駅まで
すこし遠回りをして
下宿に帰る

*

時ばかり過ぎ
ひたすら望みを諦めながら

老いぼれてしまう
今もこの目に優しく浮かぶ

あともうしばらく
わが青春の想いを夢のように馳せて

＊世田谷区経堂（小田急線）
生田校舎（キャンパス）に通った当時

# Ⅲ（思わざるや）

# 時はいたずらに過ぎて

長い一人旅が続く
人生という道で
つくづく思うことは
才知ある力もなく
先を見通す手だてもない
恥じる私になっていた

時はいたずらに過ぎて
生きるために

生きているだけではないか

人の背を遠くに
ずっと自信が持てず
振り返りながら
歩いてきたけれど
足跡を残せないまま
ためらい
うろたえるばかりだった
老いてゆく今
何も言わず（黙って）
おのれを許してやりたい
そして余生へと

この途上のどこかで
なれ親しんだ
私小説・心境小説のように
内深く
迷う　おのが心を落ち着かせれば

## 生きざまの、落ちも落ちたり

かけがえのない人生

才知なく
老いるほどに
恥ずかしながら
今となってはどうしようもないが
人から
遅れに遅れ
歩みもままならず

何をやっても
うまくいかなかった
しだいに焦り
長い年月
おのれを責めつづけた
おのれをなじりつづけた
私にとって
人並みという当たり前のことさえも
世間を渡るのに
いくつかの資するものが
備わっていればこそと
思い知り
諦めいたわる心なれど
こんな生きざまの

落ちも落ちたり
あとどれだけ
悲しさ悔しさを乗り越えれば
終わるのだろうか

# 心を強くして、心に持して

支えにしてきた望みは
ことごとく破れ
人たちでにぎやかな
この世間という社交場で
住みづらいとさえ感じていた
そんな自分が
どこかそれをうらやむ日々
みじめさとともに
悲しいほど

あまりにも情けなくて
幾とせ残る人生を
おのがひるまず
心を強くして、生きれば

妻子なく
人並みになれなかった
ひとり
思いを捨て続け
寡黙な暮らしの中で
見ないように
聞かないように
たえず気をつけながら

幾とせ残る人生を
おのがたゆまず
心に持して、生きれば
もうすでにわけなく老いぼれてゆく

# 静まらない　内なるざわめき
## ～在りし日の～

歩む人生の出だし
若いだけで
何の取り柄もないくせに
変にすねたり
意気がったりしていた
そんな静まらない心にも
まだどのくらい望みが持てたのか

いやというほど

自分の学力のなさを
親や兄から疎まれてきた
まさに自信のない始まりだった
悶々とする日々
いつのまにか友と離れ
ひとりで
ぼんやりと過ごす時間ばかり

逞しさを手に入れる
才覚もなく
この内なるざわめきとともに

回り続ける走馬燈のように
在りし日の

一つ一つの思いが
やたらと脳裏をかけ巡るけれど
今となれば
無為に生きている私には
つらく煩わしくて

## 静まらない　内なるざわめき
### ～老いぼれて～

台なしにしてしまった人生も
終わりが見えてきた
されど今もずっと続く
静まらない心を
落ち着かせるためには

独り身のせいか
諦め癖がつき
才知がないせいか

人を羨むばかりだった
つまずいて悩んで
焦るがごとく
これではいかんと
自分に言い聞かすのだが
何一つ
うだつが上がらないまま

この内なるざわめきを
気にかけ
老いぼれてもなお
思うほどに
一層つらく煩わしくなってきたから
どこかで断ち切らなくては

あとわずか
つつがなく朝を迎えることができれば
歩みもいたずらなれど
たとえ生きたという足跡が残らなくても

# あとがき

『八月の陽の如く』『青葉に光が満ちていた』に次ぐ、よもやここに第三詩集を刊行できるとは……。

高校の頃から詩を書き始め、小説家・脚本家を夢みた時もあった。またある機関紙に日韓・朝鮮問題の時事解説を連載したこともあった。

それらことごとく成就しなかったどころか、進学・就職・結婚など人生の節目で、何一つ望みを果たせず、へたな詩だけが残った。

つね日頃私は「人より劣っている」と覚悟してきた。「人より劣っている」から、その分人より寂しさや悔しさが多いのは、当たり前とまで思っていた。人並みの欲望はできるだけ捨て、ひたすら詩作が心の支えだった。

今私にあるのは、こんな私でもどうにか生きてこられた有り難さと、書きためた詩篇の数々。これからも詩を書き、生きる道連れに。

そして思えば、人生は思い出の積み重ね。たとえどんなに落ちぶれようとも、最後に残るは、思い出ではないだろうか。

末筆ながら、発刊に際して、砂子屋書房の田村雅之氏のご指導・ご助力には、厚くお礼申し上げます。

二〇一七年（平成二九年）三月

前田　巌

**著者略歴**

前田　巖（まえだ　いわお）

1952年（昭和27年）名古屋市に生まれる
1975年（昭和50年）専修大学文学部国文学科卒業
1980年（昭和55年）詩集『八月の陽の如く』
2003年（平成15年）詩集『青葉に光が満ちていた』
日本詩人クラブ会員、詩誌「風母」同人

現住所：〒454-0871
名古屋市中川区柳森町2703番地
ユニーブル八田502号
TEL. 052-351-1281

詩集 静まらない 内なるざわめき

2017年（平成29年）5月15日初版発行　　定価1500円（＋税）

著　者　前　田　　巌

発行者　田　村　雅　之

印刷所　長野印刷商工株式会社

製本所　渋谷文泉閣

発行所　東京都千代田区 内神田3-4-7　砂子屋書房